REFÚGIOS DO TEMPO

Francisco Moura Campos

REFÚGIOS DO TEMPO

LetraSelvagem

Grafia atualizada segundo o Acordo Ortográfico da Língua Portuguesa de 1990, que entrou em vigor no Brasil em 2009.

Direitos desta edição reservados à
Associação Cultural Letr*a*S*e*lvagem:
Estrada Municipal Jesus Antônio de Miranda, 1301 - Caixa Postal 63
Bairro Ribeirão Grande - Pindamonhangaba-SP/Brasil - CEP 12.400-970
Telefone: (55) (12) 99634-5623
E-mail: letraselvagem@letraselvagem.com.br
Sítio: www.letraselvagem.com.br

Diagramação: Cesar Neves Filho
Capa: James Cabral Valdana
Preparação de texto e revisão: N. Sena

O logotipo LetraSelvagem *foi idealizado a partir de cerâmica Aruak, padrões utilizados nas bordas dos vasos, compilados por Koch-Grunberg em 1910.*

Coleção Sentimento do Mundo
Organizador: Nicodemos Sena

Dados Internacionais de Catalogação na Publicação (CIP)
(Letr*a*S*e*lvagem, Taubaté, SP, Brasil)

Campos, Francisco Moura, 1942 –
Refúgios do tempo / Francisco Moura Campos. —
Taubaté, SP: Letr*a*S*e*lvagem, 2016.
88 p. / 1ª ed.

ISBN 978-85-61123-22-2

1. Literatura Brasileira — Poesia brasileira
I. Título. CDD — B869.1

Coleção
VOL. 4
Sentimento do Mundo

SUMÁRIO

BOTUCATU:

Venda 13
Notícia 14
Inconsequência dos bares 15
Uma viagem: esta 16
Curió 18
Finados 19
Sítio 20
Pitéu 21
Ruas noturnas de Botucatu 22
Tias 23
Professor Paulo Vieira 24
Casa da avó 25
Sanhaçuira 26
Carnaval 27
Bar Colosso 28
Pescaria com peneira 29
Seus doces 30
Mula 31
Futebol 32
Paz 33
Noturno da Rua Cesário Alvim 34
Footing da Rua Amando 35
Ferroviária x Marília 36
Tabuleiro do seu Queiroz 37
Província 38
O bulício desta casa 39
Empório Liberdade 40
Beiju 42
Chupar jabuticaba 43
Passeio pelo quintal 44
Escarpa de verde 45
Jogos abertos da Alta Sorocabana 46
São Paulo x Corinthians 47

Regalia 49
Môon 50
Missa na igrejinha de Santo Antônio 51
Doutor Darwin. 52
Estradinha serrana 54
Pardal 55
Vilma. 56

SÃO CARLOS:

Roda de choro 59
Litania das repúblicas. 60
Liberdade 61
Amanhecendo. 62
Serenata 64
Bar do Maneco 65
Trem 66
Baile com a orquestra de Dick Farney. 67
Noite são carlense 69
Bar São Paulo 70
Mogi 71
Árabe em São Carlos 72
Yolanda 74
Noite do encontro 75
Cabular 77
Bar da Estação 78
Joaquim. 80

SÃO PAULO:

Poesia e engenharia 83
Bill Evans 85
Caçula 86
O autor e sua obra 87

Monsieur Jourdain: – Non, jê ne veux ni prose, ni vers.
Maitre de Philosophie: – Il faut bien
que ce soit l'un ou l'autre.
Monsieur Jourdain: – pourquoi?

("Le Bourgeois Gentilhomme",
Ato II, Cena IV)

Em tempo:
Um dia li esta epígrafe em Mário Quintana.
Ela avaliza uma nova maneira de escrever?

REFÚGIOS DO TEMPO

NOTA:

Ele, que normalmente se manifesta em poesia, começa, agora, deixar-se levar na correnteza da prosa...

Espontaneamente, ele vai redigindo seus novos escritos, que também podem passar pela crônica, reminiscência, prosa poética, mas que permeiam necessariamente a poesia.

No livro que ele ora lhes apresenta foram escolhidas sessenta peças, como num profundo desejo de tentar oferecer a seus companheiros, muitos, uma palavra fraterna.

Contudo, este é um resultado para o livro e uma nova esperança literária que ele inaugura.

F.M.C.
São Paulo, 2016

BOTUCATU

Venda

E vendemos a casa.
Tinha dez cômodos esparramados
(inclusive meu escritório, herdado ao pai,
de frente pra rua).
O banheirinho e o quarto de despejos, lá fora.
O forro muito alto de onde pendiam luzes fracas.
Toda sua história.
As plantas, as madeiras com cupim.
Ela continha todos os nossos sonhos, segredos.
O silencio do pai...
O rumor dos passos apressados da mãe.
O som persuasivo, meu Deus, de um piano
tocado por mãe, irmãs, alunos.
O sol batendo nos muros caiados
em deliciosas manhãs
de transparente claridade –
pardais em festa
bordô nas rosas
verde nos hibiscos,
na grama.
Tinha goteiras, cercas vivas.
Samambaias na arinha.
Continha nossas conversas que surdas embeberam
paredes, portas, teto,
Impregnaram-se nos pisos densamente...
A casa acumulou tudo:
– Salvo a ilusão de permanência.

Notícia

A notícia veio de Botucatu.
A casa foi demolida.
Um frio na boca do estômago,
um susto, uma pausa além de todo fel.
Para a casa não doeu. Ela nunca aspirou permanecer.
É profunda a ação do tempo sobre as coisas.
Talvez porque se vá passando algo semelhante
dentro de nós.
Onde era casa, agora é um intenso vazio.
A casa estava situada na região central da cidade,
motivo pelo qual acredito que será construído um
prédio alto em seu lugar.
Mas nem é preciso imaginar a alegria das formas novas.
Elas vão naturalmente substituindo as formas já
cansadas.
Há muito esperava esta demolição
que foi o último suspiro da casa.
De coração ferido mas sereno
aceito seu fim.
Ela que tanto se ligou à minha vida
hoje é apenas uma inexistência profunda...
– Perene. Definitiva.

Inconsequência dos bares

Seis horas da manhã.
Rua João Passos, 488
(outrora, Cesário Alvim).

O róseo das mangas
a pendência dos galhos
A beleza dos algarismos.

O canto da passarada
a leveza da veneziana
e minha mãe já levantada.

*

Todas as manhãs
(madrugadíssima!...)
chegarei à minha casa
da inconsequência dos bares.
Mesmo longe de Botucatu.
Mesmo que a casa não exista mais
– Mesmo morto.

Uma viagem: esta

Houve um chamamento da terra natal.
Fomos de carro, eu e meu irmão.
Ele tinha negócios a tratar.
Os meus negócios eram do coração.
Em primeiro lugar fomos ver o túmulo dos pais.
Um pouco sujo de folhas.
Um pouco gasto – ao relento.
Mandamos lavar o túmulo.
Não iria durar muito a limpeza.
Mas foi uma reverência
a nossos pais que nos agradou fazer.
Depois o passeio descompromissado
pelos jardins da cidade... a delícia dos bancos de
encosto, do canto dos passarinhos.
Fizemos um passeio pelo alto da serra,
lugar onde escrevi tantos poemas.
Parentes não existem mais.
O tempo fez deles o que faz de qualquer um.
Nossa casa não existe mais.
Mas existe uma forte comoção em ver o terreno
sem a casa, com uma pequena construção para
comércio.
E há os amigos que insistimos em conservar.
Foram visitados com especial ternura.
Pedro Sansão foi deixado por último
pra se poder esticar um pouco mais.

Em sua casa havia o bulício da moça
que fazia a limpeza.
Estávamos eu e Pedro na sala.
Papo diversificado. Papo bom.
Mas Pedro precisava dar aulas.
A tarde vinha.
Chegou a hora da despedida.
Logo a seguir, meu irmão e o carro.
Depois a estrada.
E agora mais nada.

Curió

Domingo.
No jardim de São José
tem torneio de canto e fibra de curiós.
Venho ouvindo o canto das avezinhas.
No local, as pessoas falam baixo
para não atrapalhar os bichinhos.

Cada curió solta seu canto
que de bico em bico
vai urdindo o Canto Geral
para o Dia Geral pressentido.
É infinitamente manhã de abril.

Finados

Hoje é Finados.
Existe um profundo silêncio dos parentes
sobre o tempo.
Aqui, o túmulo da família do pai.
Ali, mais adiante, o túmulo da família da mãe.
Trouxemos flores para todos.
Todo ano, entre flores,
fazemos essa viagem ao futuro.
Depois voltamos para casa
mais revigorados e vivos:
– Viver é uma ordem.

Sítio

Saímos eu e meu pai no ônibus das seis horas da manhã
para irmos ao sítio. Havia um estridente chilrear de
pássaros na aurora.
Paramos cinco léguas na frente e apeamos.
Teríamos que passar a cerca de arame farpado
que ladeia a estrada de terra.
Depois entrar na pequena invernada do sítio
onde pastavam algumas vacas recém-chegadas.
Meu pai procurou, na cerca, um lugar onde houvesse
um arame arrebentado ou dois fios mais afastados.
Eu passei primeiro.
Depois foi ele que passou,
de quatro, num lugar melhor.
Estávamos ambos dentro do sítio.
Meu pai recomendava que sempre esperássemos as
vacas se dispersarem para que pudéssemos passar
com tranquilidade.
E assim fazíamos,
até chegarmos à residência de seu Isidoro
que nos esperava sempre aos sábados pela manhã.
Meu cavalo já estava arreado
e minha vara de pescar separada.
Enquanto ambos conversam eu monto no meu cavalo
e ando e desço e pesco e passeio pelo sítio...
Mesmo que o sítio não exista mais.
Mesmo que meu pai não exista mais.

Pitéu

Morre Pitéu, o gato da família.
Subitamente.
Meu pai escreve com urgência
para o Instituto Pasteur
suspeitando de raiva.
Vem a resposta: todos nós condenados
a injeções na barriga.

Pitéu foi sepultado no quintal, junto à laranjeira.
Com todas as cerimônias ritualísticas.
Fizemos um túmulo de terra
e rezamos por ele durante uma semana.
Ficamos desolados, tristíssimos e,
como se não bastasse,
de barriga doendo.
Sentimos então,
que Pitéu fazia parte da família.

Ruas noturnas de Botucatu

Existe um imprevisto frescor, num passeio de carro
pelas ruas noturnas de Botucatu.
Passo no Estádio da Associação Atlética Ferroviária,
e com volúpia de menino volto a jogar futebol.
Depois pela rua de casa. Já mudáramos de endereço.
Estávamos agora num apartamento. Pequenininho meu
Deus, diante da enormidade da casa. Nesta,
de frente pra rua, ainda se vê meu escritório de vidro,
de paredes transparentes e eu sentado à minha mesa.
Dela saíram cartas, poemas, prosa poética, e mais
a antiga esperança de levar, um dia, a meus irmãos
nesta vida, uma palavra fraterna.
Depois passo pelo EECA, Catedral, Cemitério,
Vila dos Lavradores, Campo do Sete, Rua Amando,
Rua Curuzu, Igrejinha do Menino Deus...
É um deslizar de carro nas ruas noturnas de Botucatu.
É um deslizar de poesia no meu escritório...
– Em São Paulo.

Tias

Eram irmãs de meu pai.
Ficaram órfãs precocemente
e vieram morar em minha casa.
Ficavam no quarto da frente e tinham que passar
pelo quarto do meio onde eu dormia.
Eu as esperava deitado, todas as noites.
Eu as chamava e cobria a cabeça...
Vinham brincar comigo...
Tia Lála era mais rápida:
fazia festa e logo se despedia.
Tia Celina sentava-se na cama
e contava estórias de ninar
aquecendo meu coração.
Minhas tias morreram cedo.
Foram também minhas mães.
No dia em que minha mãe faleceu
foi como se eu a tivesse perdido pela terceira vez...
Foi então que comecei a sentir
de maneira diferente
o mistério de cada poema
como nunca mais.

Professor Paulo Vieira

Gramático por excelência.
Se tivesse me apresentado um pouco mais de poesia
teria mudado a vida
(não precisa mais mudar)
Na ocasião,
foi nosso professor de matemática
quem mais nos influenciou.
Conduziu vários de nós para a engenharia.
Eu inclusive.
Na contramão
iniciei minha vida de escritor no colegial,
com o professor Paulo Vieira.
Ele nos ensinou a escrever
e isso seria (sem que eu soubesse)
o começo de tudo.
Suas aulas eram para os mais diversos futuros
profissionais e teriam ênfase na gramática.
Tencionei enviar-lhe meu primeiro livro.
Procurei e encontrei seu endereço.
Mas não tive tempo de lhe mandar o presente.
Faleceu.
O professor Paulo Vieira corrigirá, sempre,
todos os meus escritos.

Casa da avó

Que tenha um terreno
indo da Rua Amando de Barros até a Rua Curuzu.
O armazém dos tios
onde o menino orgulhosamente ajuda.
A sacaria enorme no fundo,
onde ele sobe e passa horas na companhia dos gatos.
Que tenha o alçapão
por onde se alcança o quintal muito grande
em que a primeira fruta apareça: o araçá.
Que tenha uma mangueira alta, generosa,
repleta de frutas e sob ela a rede
onde o menino balança.
Romã e ameixa pendem do quintal vizinho.
Que tenha um exército de galos de briga
que tio Pérsio cria.
A mula que dorme no quintal
e que durante o dia puxa a carroça
de entrega das encomendas.
Que tenha dois enormes porões onde brincamos.
A pitangueira encostada no muro da Rua Curuzu.
Precisa disso tudo pra ser casa da avó.

Sanhaçuira

Jardim da Igreja de São Benedito.
– "Olha a sanhaçuira, aqui pertinho..."
Encantação e duas melodias.
A do nome: sanhaçuira.
A do canto forte – de galho em galho.
O estilingue está na mão
mas ouvir e matar já não combinam.

Sanhaçuira:
nome que não cessa.
Sanhaçuira:
canto que não me sai
do tímpano, medula, memória.

Carnaval

Terça-feira gorda, dez horas da noite.
As escolas de samba descem pela Rua Amando:
– Clube Recreativo Luiz Gama, Botucatu Tênis Clube,
Vila dos Lavradores...
Duas janelas da sala de visitas da avó
abrem para a Rua Amando.
Nós e os Peduti
atiramos serpentinas nos carros alegóricos.
Os confetes grudam nos corpos suados
que atendem ao chamado de momo.
Velho Dinucci arrasta um saco de confete
e se congratula com todos.
Alguns foliões passam incógnitos
entre muitas insinuações.
O júri do desfile está a postos
para eleger a escola campeã.
O lança perfume aromatiza o ambiente
espantando o bodum.
Tudo é alegria e música na Rua Amando.

Bar Colosso

Aos sábados à noite
íamos tomar chopp no Bar Colosso.
Gerdes Pereira de Andrade comandava a festa.
Depois de muitas rodadas íamos para algum baile.
Na Associação, Tênis Clube
ou Vinte e Quatro de Maio.
Conversávamos muito.
Dançávamos muito.
É bom morar na cidade pequena
quando não se tem ganho próprio.
A falta de dinheiro não agride
como nos grandes centros.
No meio da noite saíamos do clube para beber.
Existiam muitas opções:
pinga, rabo-de-galo, chuvisco,
gin com água tônica, tequila, conhaque,
vinho ruim, hi-fi, cuba libre,
pinga com groselha, vodka, quinado...

Com isso permanecíamos alegres até o fim da noite.
Juntos e ingênuos...
Até o fim da vida.

Pescaria com peneira

Chego ao rio Lavapés
com uma peneira trazida de casa.
Vou apanhar guarús, cascudos, minhocas, sapinhos
e outros minúsculos seres aquáticos.
Entro rio acima
batendo a peneira nas tocas
jogando os bichinhos pegos numa grande panela
com água.

Fim do dia.
Meu pai veio me chamar, hora de ir para casa.
Eu havia cortado fundo o pé.
Ia escondendo o machucado, de meu pai.
Minha mãe é quem viu.
Limpou – não havia tétano.
Sequer gripe – molhado que eu estava.

Não há temor.
A paz está viva.
A vida é boa.

Seus doces

A família toda vai
em algumas noites após o jantar
comer doces (que fazem nossa felicidade)
na casa de dona Serafina:
– Bom bocado, quindim, queijadinha, canudo, maria-
mole, cocada branca, cocada queimada...
Ela vende no varejo
mas também aceita encomendas –
o que aguça nossos desejos.
Momentos doces, na dona Serafina.
Mas agora, o pai mandou que parássemos de comer,
com medo de que nos fizessem mal.
Chegou a hora de partir.
Que a volta seja breve
para ficarmos novamente lambuzados
de alegria e de doçura.
Os doces de dona Serafina continuarão nos lambuzando
em todas as confeitarias.

Mula

1.

Chama-se montanha.
É a mula do armazém dos meus tios,
que puxa a carroça
e para espontaneamente em cada casa da freguesia.
Eu amo dirigir a carroça
até que todas as encomendas sejam entregues.
Mas, orgulho maior é ficar
com as rédeas da mula nas mãos
e retornar triunfante ao armazém.

2.

Ao final do expediente
é bom ver a montanha
quando ela é solta no quintal da casa da avó.
É o resgate que ela faz de sua vida livre
depois de um cansativo dia de trabalho.
Eu acaricio a mula
dou milho pra ela
e nos entendemos profundamente.

Futebol

Domingo, três horas da tarde.
A ferroviária joga.
– "De futebol você gosta, filho.
Aqui está o dinheiro para o jogo".
Caminho sentido do campo,
o coração apressado.
Ingresso comprado, galgo a arquibancada.
Atletas em campo.
O cheiro do gelol
nas pernas dos jogadores
me enseja a longa viagem...

Fim de jogo, volto para casa.
Vou para o fundo do quintal onde sou goleiro.
A palmeirinha e o mamoeiro são traves perfeitas
para o meu gol.
Arremesso a bola contra a parede do quartinho
e na volta dela faço defesas monumentais.
(É a bola de couro
cumprindo o regimento da infância).
Irradio tudo.

Até a mãe mandar-me para o chuveiro.

Paz

A igreja de Rubião Junior é, do alto do morro,
um mirante natural.
De um lado, a cidade.
De outro, a Faculdade de Ciências Médicas
e Biológicas.
Os outros lados,
são os encontros de terra e céu no município
de Botucatu.
É bom subir o morro a pé
entrar na igreja e pedir perdão
por todos os meus pecados.
(Eu suponho ter pecados – que pecado!...
sem saber que não tenho idade para cometê-los).
Depois saio da igreja, livre.
Sentindo uma brisa leve...
Que me leva vida afora.

Noturno da Rua Cesário Alvim

É o apito do trem no meio da noite:
– Enternecimento...
Diz-que vai chover se o apito vem de perto.
É o relógio da Igreja Nossa Senhora de Lourdes
soando a cada quinze minutos
numa espécie de badalar luminescente marcando
o tempo... É muito bom.
São os gatos chorando alto, feito crianças.
São os pios dos morcegos.
É o assovio dos fios quando venta forte.

Nos silêncios da vida
esses rumores vão comigo.

Footing na Rua Amando

O footing na Rua Amando, aos domingos à noite,
é extraordinário.
As mulheres andam no passeio e os homens ficam
parados, em pé, na rua.
O trânsito fica interrompido nessa via pública,
invadida por uma grande quantidade de flertes,
namoricos, mexericos, disque-disques...
Os rapazes mais ousados dizem grandes galanteios
quando suas eleitas passam.
Os mais tímidos apenas olham, e vibram
quando correspondidos.
Mas todos podem se manifestar à mulher amada.

Não há casal, em Botucatu,
cujo namoro não tenha começado no footing
da Rua Amando.

Ferroviária x Marília

No Hotel Paulista a delegação
do Marília Futebol Clube se hospeda.
No domingo tem jogo com a Ferroviária de Botucatu.
Da Rua Amando vejo,
com grande curiosidade,
os craques adversários.
Meus heróis botucatuenses e meus heróis de Marília
enfrentar-se-ão amanhã
no Estádio Acrisio Paes Cruz.
Os jogadores da Ferroviária têm suas casas para dormir.
Mas os jogadores do Marília?
Um craque acaso dorme, num hotel?

Não dormirei esta noite, na expectativa do jogo
de amanhã.

Tabuleiro do seu Queiroz

No intervalo dos jogos na Ferroviária,
procuro o tabuleiro de seu Queiroz
que fica dentro do Estádio.
Ele tem um sortimento de guloseimas:
maria-mole, quebra-queixo, gergelim,
pé-de-moleque, paçoca, amendoim torrado,
milho cozido, pamonha, curau...
Fico com água na boca,
conto o dinheiro do bolso
e vou escolhendo as melhores opções.
Até que gasto com o último doce
o dinheiro da condução
e volto a pé para casa.

Província

Usa só short.
Sem camisa
sem sapato.
(O pé cheio de picões, das ruas de calçamento).
Deita na calçada
à sombra
e cochila incautamente
(os pedestres achando graça.)
Depois, o jogo de bolinhas de gude
vai deixar suas mãos raladas.
Antes do anoitecer
vai subir na laranjeira
e colher laranjas
para tia Celina chupar ali mesmo,
na rede.

O bulício desta casa

Tão marcante o som deste piano
na sala de visitas...
Ele ecoa na tarde escassa.
No escritório, meu pai trabalha.
Houve-se o barulho da máquina de datilografar.
Da rua vem o ruído dos carros.
Esporadicamente o telefone corta esses rumores todos.
Na copa o relógio faz tic tac.
Na cozinha uma torneira pinga.
O chuveiro faz seu murmúrio de água que cai.

É o bulício da casa
petrificando a tarde botucatuense.

Empório liberdade

1.

O armazém do Vitório Gasparini
tem um saco de amendoim junto a uma das portas
protegido por uma tela em cuja malha cabem meus dois
indicadores – para furtar amendoim.
Tem saco de 5 Kg de açúcar
que eu e os moleques furamos para comer.
Tem mortadela
que eu compro de duzentas em duzentas gramas,
mando pôr na conta de meu pai
e divido com os parceiros.
Tem charrete na qual o Tonho nos leva
para entrega das encomendas.
Tem muitos gatos.
Tem tudo de secos e molhados
que pouco nos interessa.

2.

Certa noite abaixamos a porta de correr
e fechamos o Vitório e o Dinho dentro do armazém.
Usamos uma corda no lugar do cadeado.
Fugimos.
Minha mãe ficou sabendo.
Uma semana de castigo.

3.

No fim do mês
é gostoso pagar a conta:
eu ganho mortadela, paçoca doce, doce de leite,
goiabada, ameixa preta...
Divido com os moleques
e volto feliz para casa.

Beiju

Lá vem o vendedor na boca da noite
oferecendo, em voz alta, os deliciosos beijus
que são acondicionados em grandes caixas cilíndricas.
Na tampa das caixas
tem uma roda que gira.
Pode-se ganhar até dez beijus
fazendo girar a roda que para
indicando o número de beijus sorteado.
Um renque de moleques está querendo ganhar
o maior número possível da fascinante guloseima.
A expectativa é enorme.
A sorte grande vai ser lançada sobre cada um de nós.
Findo o jogo, cada um vai comer o que ganhou.
O vendedor vai embora,
ficando em nossas roupas e no chão
uma grande quantidade de farelo.

O vendedor e sua voz,
a roda da sorte girando, o sabor dos beijus comidos
acompanhar-me-ão nas grandes avenidas.

Chupar jabuticaba

As jabuticabeiras ficam na fazenda
de seu Belmiro Butignolli
junto à saia de um enorme aterro,
erguido para a construção da Faculdade de Ciências
Médicas e Biológicas de Botucatu.
Todo ano íamos chupar jabuticaba.
Difícil mesmo era descermos do pé
e voltarmos para casa.
Até que um dia meu pai passou mal.
Sempre gostou. Aquele dia fez mal.
Teimou num outro dia.
Chupou jabuticaba novamente. Vomitou.

Mesmo não podendo mais com jabuticaba
meu pai continua a nos levar todos os anos
chupar as deliciosas jabuticabas de seu Belmiro
Butignolli.

Passeio pelo quintal

Pela porta da cozinha saio para o quintal
e entro na garagem.
Parede-meia com a garagem
tem o quartinho de guardados
que eu também visito.
Depois saio deste cômodo
e subo na laranjeira ao seu lado,
galgando o telhado do quartinho.
Ouço tia Celina:
– "Cuidado menino, vai cair daí".
Desço do telhado e passo pela mexeriqueira.
Não subo.
Passo pelo balanço.
Não me detenho.
Vou até o mamoeiro.
Subo.
Estou vendo o quintal da dona Doca.
Passo para o muro,
e equilibrando-me sobre ele
vou até o quintal do Dr. Aleixo,
onde, a poder de estilingadas,
quebro uma dúzia de ovos.
Minha mãe repõe os ovos quebrados.
Uma semana de castigo.

Escarpa de verde

Ele vai até o alto da serra
levando papel, prancheta e lapiseira
para escrever seus poemas.
Passeia em seu escritório serrano;
entra na Igreja de Santo Antônio,
desce a estrada da Bocaina.
Tomou emprestado o fusquinha da mãe
e leva um banquinho no porta-malas.
Debaixo de uma árvore
coloca o banquinho no chão.
Senta-se e lá de cima começa ver
cada um de seus poemas.
Fim do dia volta para casa
feliz pelos escritos conquistados.

O alto da serra
é seu modo de escrever.

Jogos abertos da Alta Sorocabana

Jogo basquete na seleção da cidade de Botucatu.
Em julho, acontecem os Jogos Abertos
da Alta Sorocabana
que neste ano serão em Ourinhos.
A comitiva, com todas as modalidades, vai de trem.
O frio favorece os agrupamentos nos vagões.
Chegando ao destino,
somos recebidos nos alojamentos
que nos abrigarão por uma semana.
Estamos acomodados.
A descontração é total.

Até que um ônibus para.
Nós, os jogadores de basquete, entramos no ônibus,
e somos levados até o Ginásio Municipal
para o nosso primeiro jogo.
Profunda emoção...
Seremos campeões este ano?

São Paulo x Corinthians

1.

– “Vamos a São Paulo, no domingo,
ver São Paulo x Corinthians no Pacaembu”.
Não dormi na véspera.
Saímos, seis horas da manhã.
Antes do meio dia estávamos na estação Julio Prestes
da Estrada de Ferro Sorocabana em São Paulo.
Almoçamos no Ferramenta
restaurante muito próximo da estação.
E fomos para o Estádio Municipal do Pacaembu.
Aguardamos o jogo.
O São Paulo entra em campo.
Corinthiano vaiei.
– “Não faça isso. Você tem que aplaudir o adversário”,
admoestou meu pai.
Entra em campo o Corinthians,
pra minha grande alegria.
Começa o jogo...
O São Paulo vence por 3x1.
Saímos molemente do estádio
e fomos até a estação
onde tomamos o trem de regresso a Botucatu.

2.

Eu entrando num cinema novo...
Os lances todos do jogo,
todos os grandes craques se movimentando em campo,
a emoção do Estádio Municipal do Pacaembu,
a derrota do Corinthians,
a bola na trave,
o pênalti...

3.

A sessão de cinema termina.
Desembarcamos, eu e meu pai, na Estação da Estrada
de Ferro Sorocabana...

de Botucatu.

Regalia

1.

Recomendação médica: andar.
–"Quem não anda desanda"
(ele mesmo é quem dizia).

Sai de casa para o passeio obrigatório.
Mas e o cansaço? As dores na perna?
Chega em casa abatido, amarfanhado
e senta-se na arinha
(a morte – inadvertida – já andava por perto).

2.

Agacho-me feliz:
– Regalia de filho é tirar-lhe as sandálias
para que ele descanse.

Môom

As vacas do sítio vêm até a cocheira
para lamber sal.
Meu pai as chama por seus nomes:
– Pintada, Morena, Sobrossa, Rosada.
Eu agrado as vacas
e também as vou chamando assim.
E sinto que elas entendem
e me respondem, cada uma, com um efusivo
– môom.

São os olhares das vacas.
As galinhas brincando.
Pássaros felizes.
Voz de criança, ao longe.
Meiguice, paz, mansidão.

É o campo e são suas canduras.

Missa na igrejinha de Santo Antônio

Igrejinha de Santo Antônio.
Da entrada tem-se uma ampla vista da serra.
As missas que assisto nesta igreja valem mais:
têm o alto da serra por testemunha
e as bênçãos de Santo Antônio
(meu padrinho)
Antônio que sou.
No adro a luz é tão intensa que me ofusca
entre as paredes caiadas da igreja e algum céu de abril.

Da igrejinha de Santo Antônio eu volto perdoado.
Da igrejinha de Santo Antônio eu volto abençoado.
Da igrejinha de Santo Antônio eu volto pronto
para a próxima semana.

Doutor Darwin

– Pai, estou mijando escuro parece café.
Mandou chamar o Darwin médico da família.
Doutor Darwin mandou-me urinar no vaso, pra ele ver.
– "Nem precisa mandar a urina para o laboratório. É nefrite" disse ele.
E pôs-me na cama imediatamente.
Medicou-me.
O repouso previsto era longo.
Mais acontece que a Ferroviária de Botucatu disputava
o campeonato de futebol da segunda divisão
de profissionais no Estado de São Paulo.
E no domingo teria o jogo Ferroviária x Radium
de Mococa, em Botucatu.
Comecei desde logo azucrinar meu pai
pra que conseguisse, junto ao nosso médico,
minha liberação para assistir ao jogo (é rapidinho,
terminado o jogo volto pra cama imediatamente...).
Meu pai tentou mas o doutor Darwin foi implacável
e fechou questão: não me liberou pra sair da cama e ir até o campo.
– "Nefrite é coisa delicada".
Pra minha total inveja, meu pai e doutor Darwin
foram juntos ao jogo
e eu fiquei mofando na cama.
Quando meu pai voltou
foi logo ao meu quarto
Tínhamos ganho o jogo.

E eu inconformado:
– Queria ter visto a Ferroviária ganhar, pai.
– O que eu tenho de ver com esse diabo de nefrite?

Estradinha serrana

Pegou o carro e desceu a estradinha serrana
sentido do pé da escarpa.
É uma estradazinha de terra onde medram madressilvas.
Renques de eucaliptos sombreiam seu leito.
Tudo fossem flores –
primavera em que estamos.
A certa altura, um cafezal florido inspirou-lhe um haicai.
Parou. Tomou a prancheta, papel e lapiseira:

– *Cafezal florido.*
Vento, bailado de noivas.
Alvo o coração.

Escreveu o haicai.
Não tem nome mais agrada tanto...
Ainda na estrada vê o trenzinho subindo a serra,
o que lhe rende outro haicai:

– *O sol vai ardendo.*
O trenzinho é uma cobra
nos trilhos em brasa.

Pardal

O movimento na João Passos começou a crescer.
E com ele o barulho do trânsito.
No meu escritório voltado para a rua
eu estava com um poema cravado no peito.
Não ia pra frente nem pra trás.
Decidi então deixar meu escritório
e continuar escrevendo na mesa da cozinha,
livre do barulho do trânsito.
Existiam apenas os raros rumores da casa (torneira
pingando, geladeira...).
O poema que eu estava escrevendo
voltou a se desenvolver.
Inadvertidamente, pela porta da cozinha,
entra um pardal saltitante
que caminha no sentido do lixo.
Fiquei paralisado a fim de que o bichinho
pudesse se mover à vontade
e eu sentisse a leveza da sua proximidade.
Mas o poema continuou avançando... avançando
e chegou a seu final!
Eu me inebriei e, sem perceber,
levantei-me em júbilo da cadeira.
O pardal fugindo rapidinho conjecturou:
"– Esse aí estragou o meu jantar de hoje."

Vilma

Mora na Rua Coronel José Vitoriano Villas Boas,
esquina com a Cardoso de Almeida.
O irmão chama-se Bruno.
Nós e alguns amigos conversávamos
até mais tarde no murinho da casa de Vilma.
Bom ver sua janela, baixinha, bem fechada
e Vilma protegida.
Um dia começamos a namorar.
Durou muito pouco.
Tamanha paixão, nenhuma fatura.
Timidez minha.
– Vilma foi minha primeira namorada...
Depois disso, eu a perdi de vista.
Mas seu sorriso claro caminha implacável

ao meu lado.

SÃO CARLOS

Roda de choro

Hoje tem roda de choro em nossa República.
Cheguem músicos:
Ozien, Faninho, Clidinho, Solon, Quim...
Cheguem amigos!
Queremos compartilhar com todos
a riqueza da nossa música instrumental.

Inicia-se a seresta:
– Urubu malandro, tico-tico no fubá, bem-te-vi
atrevido, André de sapato novo, pintinhos no terreiro...
A beleza é tal
que mesmo os vizinhos incomodados com o barulho
aderem à tocata.
O chorinho vem chegando
atravessa a madrugada
e atravessa todos nós...

Carrego comigo os chorinhos
que choram nas noites de São Carlos.

Litania das repúblicas

Ele ficara sem um lugar fixo para morar.
Na primeira noite dormiu na República Sweet Maloca
onde João Sertãozinho lhe deu guarida e uma muda de
roupa de cama.
Nas noites subsequentes ele dormiu na H-rafa, Esquife,
Sapo Seco, Reunidas, Oco do
[Mundo, Lovely Boys, Butantã e
Frankesntein.
Finalmente se estabeleceu na Teixeirais.
Foi a mais perfeita expressão de liberdade que ele viveu.

Liberdade

De início eu diria que a aurora
transferiu-se para as três horas da tarde.
O restante do dia é preenchido com boa literatura.
Às seis, sai-se.
Tem cachaça e bate-papo no botequim da esquina.
E tem o esplendoroso pôr do sol de São Carlos.
Às nove janta-se. Ou não se janta e dá no mesmo:
Os bares da cidade estão repletos de sanduíches
para quem tem dinheiro.
Para quem não tem, a pindura já é uma instituição
estabelecida.
As horas seguintes da noite são vividas com um
excelente bate-papo regado preferencialmente a chope.
Depois vem o giro descompromissado
pelas ruas noturnas da cidade,
e observa-se a chegada de um trem, o apito de um
guarda, a passagem de um cão...

– Meu nome é liberdade e escreve-se nas ruas de São
Carlos.

Amanhecendo

1.

Com muita freqüência
amanhecemos nas ruas de São Carlos.
É quando eu digo: "matamos o sol no peito".
Fechado o Bar São Paulo, a primeira opção
é o Bar do Paciência, a poucos metros dali,
onde tomamos mais algumas cervejas.
E quando os olhos já estão "cheios de areia"
voltamos para a república onde temos um pick-up
antigo em que eu coloco o tema "amanhecendo"
gravado por "Os Cariocas" no Rio de Janeiro:

"Nas águas deste rio lindo para o mar
iremos navegando sempre sem parar
encantos que são vistos só por quem amou
esquece a madrugada triste que passou
o dia vai nascendo vem olhar o sol
as aves vem voando pelo nosso amor
repara a poesia, a vida é alegria
não chora nunca mais
vem vamos amar em paz".

2.

Uma profunda esperança marca tudo que começa:
um novo dia, o primeiro grito do recém-nascido,
um caderno novo quando a gente principia.
São Carlos meu amor...
És meu eterno recomeço.

Serenata

Meia-noite.
Serenata ensaiada.
Ozien já tem o violão afinado.
Estamos todos na República Lovely Boys,
lugar de boa música.
Dimas não era estudante.
Era um bom cantor infiltrado no bando musical da escola.
Dimas dormia na Lovely Boys.
Era, bem dizer, um estudante da engenharia.
A percussão está a cargo de Sérgio Saia.
Faninho já preparou a flauta e o sax tenor.
Tudo pronto. Saímos para as ruas.
Iríamos visitar principalmente as casas
de nossas musas inspiradoras...
Serenata é porrete pra se ganhar uma mulher.
Nenhuma resiste.
A primeira casa eleita foi a de Luiza.
No meio da tocata a porta se abriu
e ofereceram-nos drinques em retribuição à nossa gentileza
(na última casa contemplada chegaríamos todos bêbados)...

A serenata cortava o silêncio da madrugada
e o céu era um manto de estrelas aberto sobre nós.

Bar do Maneco

O aperitivo no Bar do Maneco
no domingo cedo
é celebre.
Caipirinha, pinga, cerveja.
Para tira-gosto: croquetes, pastéis, frios.
A conversa é ruidosa no enorme salão.
Fala-se de tudo.
O fumacê é grande.
A hora passa, mas ninguém arreda pé.
Chegam muitos da cidade, outros da Escola.

Depois do acepipe
Gilson Vasconcelos me leva almoçar com ele,
na casa da Adelaide.
Miguel Berruga toma um táxi
para chegar até sua república.
No salão do Bar do Maneco
conversamos e bebemos à grande,
todo domingo de manhã.

Trem

Da minha janela vejo o trem da Paulista
que vai chegando, chegando, e para.
Os habitantes da cidade acertam seus relógios.
Depois o trem apita, sai devagarinho
e o silêncio da noite volta a se derramar
pelas ruas de São Carlos.

Este trem partirá, todas as noites, do meu coração.

Baile com a orquestra de Dick Farney

Dick Farney foi um grande músico
e precursor da Bossa Nova no Brasil.
Certa ocasião ele e seus músicos admiráveis
apresentaram-se em São Carlos, no Centro Acadêmico
da Engenharia.
Os apaixonados por música ficamos divididos
entre duas possibilidades:
ouvir de perto uma música extraordinária
ou dançar com as meninas da cidade.
Nos intervalos comprávamos, no bar, uma cerveja
ou um drinque,
comíamos alguma coisa e logo voltávamos
para a banda repleta de instrumentos musicais
que ouvíamos um a um: sax, clarinete, flauta, piccolo,
trombone, trumpet, flugel, guitarra, violão, baixo,
bateria, percussão, etc...
Havia grandes solos. Naipes exuberantes.
O *crooner* era perfeito.
Fim do baile, pedimos uma canja e Dick Farney
concedeu duas.

***

Agora só nos resta comer um sanduba no Bar São Paulo, com os ouvidos repletos de sons os mais belos. Voltamos, depois, cantarolando pra casa.

Não há perigo.
Assalto não existe.
A música de Dick Farney nos inunda e nos protege.

Noite são carlense

Nove horas da noite.
Vamos chegando um a um ao Bar São Paulo,
e vamos sentando à mesa junto ao caixa.
Tonhão, Pastinha, Lucho, Gilson,
Ferrinho, Seydell, João Carlos, Bilota,
Tarcio, Fialho, Arabe, Martiniano,
e quantos mais?
Quem chega pede copo e cervejas.
(Eu sempre peço um sanduíche para o Belezoca,
que secunda: – "Faço logo dois").
Se nossas mesadas já chegaram
comemos gorgonzola
queijo reservado para ocasiões especiais.
E assim atravessamos nossas noites:
conversando sério, conversando fiado, rindo, contando
piada e tomando cerveja no lendário Bar São Paulo.
Fechado o Bar São Paulo
temos o Bar do Paciência, o do Bogas e o da Estação.
Até que a claridade do dia nos arraste
para as nossas Repúblicas.

Bar São Paulo

Bar São Paulo das nossas alegrias e de nossos despojamentos.
Eu tinha conta no bar.
Fim de mês chegava a mesada
que era deixada inteiramente lá.
E ainda não cobria todo o débito.
Minha dívida foi sendo rolada
e só foi totalmente extinta depois de eu formado.
Na ocasião, no caixa do bar
foi cantado o Hino Nacional Brasileiro
em comemoração ao feito.

Marino, Armando e Cristiano...
Eles nos deixaram comer, beber, sonhar, aprender...
Nos longes da vida eles vêm conosco, mãos dadas.

O Bar São Paulo nos ensinou a inexperiência e a esperança de viver.

Mogi

Cinco horas da manhã.
Bar São Paulo fechado.
Estávamos eu, Joaquim e Pastinha.
E resolvemos, por sugestão do Joaquim, ir até o Mogi
(caudaloso rio nas proximidades de São Carlos).
Uma jardineira nos levou até determinada altura.
Depois teríamos que caminhar a pé numa estrada
arenosa – como convém a todas as estradas
de São Carlos.
O sol queimava nossos olhos.
Íamos andando.
Às vezes deitávamos à sombra...
A bebedeira foi sarando.
Tudo fosse água...
Cada um com sua garrafa na mão...

Não conseguimos chegar ao Mogi.
Não tomamos banho em suas águas.
Não pescamos nada.
Valeu a aventura de nossa expedição até as proximidades
do rio.

Voltamos eu, Joaquim e Pastinha, mãos dadas
desafiando o brilho de uma tarde de maio em São
Carlos!...

– Poesia no céu.

Árabe em São Carlos

Estatura: pequena.
Peso: leve.
Carregava meio de lado o jornal "O Estado de São Paulo", de domingo,
na descida da Avenida São Carlos, gritando com o braço levantado:
– Gamal Abdel Nasser.
Falava exaustivamente do Oriente Médio,
especialmente de Nasser.
Hilariantes e patéticas eram suas brincadeiras.
Pareciam belicosas.
Certa noite estava com uma grande capa
na agência da Viação Cometa, que servia São Paulo.
Dizia: "Vai cururu. Me deixa apodrecendo no interior maldito".
Gostava de brincar com a cidade que amava.
Quando íamos urinar a cerveja bebida ele bradava:
– "Mija pinto. A única coisa que você aprendeu fazer em São Carlos".
Seu quarto (edícula de uma das casas das Repúblicas Teixeirais) era o paralelo trinta e oito.
Contava estórias.
Era a da lojinha do velho Ibraim que tinha (viemos a saber) sete portas na Domingos de Moraes.
Era a da Mãe que lhe mandava purgante porque a comida do restaurante da Escola prendia o intestino.
Ao sentar-se para jantar na pensão da Nina bradava:
– "A guerra é pior".
Maciço. Coração expandido. Adorado na escola.

Sempre alerta.
Pessoa singular.
Morreu prematuramente
causando em todos nós uma profunda dor.
E (como num antigo poema meu está dito)
eu repito:

"Árabe é um anjozinho
que se esqueceu de subir pro céu.
Ficou na terra lutando... lutando
violentamente.
Contra que, ninguém sabe.
Mas outros anjos, um dia, dir-me-ão".

Yolanda

Morava na Sete de Setembro
entre a Episcopal e a Nove de Julho.
Uma casa gostosa. Com árvore na frente.
Eu também morava na mesma rua, pouco abaixo.
O piano de Yolanda estava sempre tocando.
Eu passava diariamente em frente à sua casa
e ficava ouvindo... ouvindo.
A doce presença de Yolanda
(sonora apenas)
me acalentava.
Até que chegou a grande chance de eu conquistá-la:
Baile no Centro Acadêmico da Engenharia.
Os estudantes e todas as meninas da cidade
aprontaram-se cerimoniosamente para a efeméride.
Yolanda estava no baile.
Cruzamos de frente várias vezes.
Mas eu não tive coragem de tirá-la para dançar!...

***

Quatro horas da manhã voltarei sempre para casa
amarfanhado numa crise de timidez
por entre ruas desertas...
Yolanda não saltará à minha frente
para restaurar a noite perdida.

Noite do encontro

Cantávamos Tom Jobim, Carlos Lyra, Baden Powell,
Vinícius de Moraes e quantos mais?
Era a efervescência da Bossa Nova.
Cantávamos suas músicas com fervor, que era o
tempero de tudo que fazíamos em São Carlos.
Um dia chegou a noite do encontro. Nela propúnhamos
a aproximação do Jazz com a Bossa Nova.
O Jazz – riquíssimo – nos dava sugestões e nomes
extraordinários para o show:
Bill Evans, Telonios Monck, Oscar Petterson, Sara
Vaughan, Chet Backer, e tantos outros.
Furávamos, de tanto ouvir, os pouquíssimos discos
de jazz que possuíamos.
Tínhamos, enfim, Jazz e Bossa Nova e dessa mistura
saiu um precioso Show no Cine Progresso que muito
nos orgulha.
José Fernando Gullo imprimiu ritmo ao espetáculo
anunciando os vários participantes.
Veio muita gente boa.
São Carlos sempre foi polo de música.
Gente do Rio de Janeiro, São Paulo, Ribeirão Preto,
Rio Claro, São José do Rio Preto.
Ninguém ganhava nada.
Valia o prazer de participar.

A noite do Encontro foi a efeméride que nos uniu
definitivamente
à gente de São Carlos.

Cabular

Ele cabula a primeira aula.
E vai para o piso de cobertura
do bloco E1 da Escola de Engenharia de São Carlos.
Na vista panorâmica, do alto do prédio,
localiza a direção de sua terra natal.
Sentir saudades de Botucatu
é sua maneira de se iniciar na poesia.
É sua maneira de ser, não de escrever.
Na segunda aula desce do bloco E1
e vai para a cidade, até o jardim da catedral.
Sempre amou extraordinariamente os jardins.
Senta num banco de encosto.
Passa duas horas, apenas imaginando poemas.
Depois sai satisfeito mas profundamente inquieto:
– Ele já pressente as léguas de si a si mesmo...

Toma um café no Bar São Paulo
e volta sozinho para a casa.

Bar da Estação

1.

Moro na República Teixeirais.
Abro a porta (que jamais teve chave)
e ganho a rua.
Na esquina dobro à direita
chego à República do Ferrinho e grito:
– Vamos comer um sanduba?
Ferrinho responde, concordando.
Descemos a Aquidabam,
cruzamos o Gregório
e começamos a subir até o bar.
A distancia é grande,
mas nossa conversa é maior.

2.

Ter amigo assim
(já tarde da noite)
que aceita o convite
e vamos ao bar
e vamos comer
e vamos beber
e vamos cozer
nossa alma rasgada.

3.

São milhares de estrelas no céu.
Nos meus descaminhos
você me protege
ó amigo Ferrinho!...
Para sempre.

Joaquim

Chamava-se Joaquim.
Era garçom de um conhecido restaurante no centro:
O Bambu.
Todas as noites, depois do trabalho,
Joaquim fazia a litania dos bares são carlenses.
No fim da noite encontrávamos Joaquim.
Contava-nos muitas estórias para aquecer nossos
corações.
Cozinhava, para matar nossas fomes.
Um dia viajou para muito longe.
Mas sua História, sua poesia, e suas receitas
permanecem conosco...

Perenemente.

SÃO PAULO

Poesia e engenharia

A consciência pesava
cada vez que eu cabulava aula
logo no primeiro ano.
Depois no segundo.
No terceiro descobri Drummond.
Foi em São Carlos.

Numa estante de livros técnicos de engenharia
encontrei, por acaso, a Antologia Poética do mestre.
Perdida. Sem qualquer parecença com outros livros
que a cercavam.
Foi o maior acontecimento artístico da minha vida
e a maior descoberta que fiz.
Levei o livro para casa.
Pouco tempo depois estava escrevendo.
E aquela Antologia não mais sairia da minha cabeceira.

Chegavam as explosões das grandes descobertas:
poesia, política, amigos, música.
Eu não mais conciliava as aulas regulares
do curso de engenharia com o mundo novo
que se me descortinava.
Drummond já me bipartira.

Perdi ano.
Três meses de amarga dor
para poder contar da repetência, em casa.

Pensei em deixar a escola.
Mas terminei o curso. Dividido.
Trabalhei, como engenheiro, dividido.

A vida iria se incumbir
de me trazer de volta, por inteiro, à Poesia.
Hoje estou em paz com o meu destino de poeta.
A engenharia foi, toda ela, um sonho...
– Quando se amanhece.

Bill Evans

Gosto de música clássica, mas em geral prefiro
o aproveitamento jazzístico
que se possa fazer dos temas clássicos.
Bill Evans gravou ao piano
vários autores clássicos. Foram eles:
Bach, Scriabin, Fauré, Chopin, Granados.
O LP ficou direto no meu toca-discos
durante quinze dias.
Quando esse álbum foi editado em CD
passei mais quinze dias ouvindo Bill Evans.
Maravilha.
Existe uma inusitada delícia em ouvir-se
as mesmas músicas diariamente por algum tempo.
Podemos degustar, a cada nova audição,
um arranjo maravilhoso,
algumas notas ainda não bem absorvidas,
o virtuosismo de um instrumentista, um solo, etc...
É um deixar-se saturar pelas músicas ouvidas.
Só assim esses temas serão efetivamente
conhecidos nossos.
Depois arquivei Bill Evans sabendo que voltaria
a ouvi-lo, um dia, com a mesma intensidade
e sentindo a mesma delícia inicial.

Evoé Bill Evans!...
Bill Evans além do espírito.

Caçula

Seu apelido era Caçula.
Foi minha segunda namorada.
Morávamos na Siqueira Campos, na Liberdade.
Eu fazia o cursinho para Engenharia
ali perto, na Tamandaré, e morava na pensão do Chico.
Ela morava a menos de cem metros da pensão
e trabalhava num escritório no Centro.
Víamo-nos todas as noites.
Na pensão corria solto o carteado.
Eu não jogava, mas ficava extasiado
vendo Caçula jogar cartas,
o que deu origem a meu primeiro poema,
do qual ficou, na memória, o seguinte resíduo:

> *"Caçula deusa minha*
> *és das mulheres rainha*
> *e dos canteiros a flor.*
> *Fecho meus olhos te vejo*
> *e sinto um louco desejo*
> *de beijar-te com amor".*

Esse resíduo de poema marcou meu coração menino
começando a se apaixonar por Caçula e pela literatura.
Caçula caminha comigo, mãos dadas,
numa estrada de ternura, de pedras cravadas no tempo,
de nunca mais.

O AUTOR E SUA OBRA

Francisco Moura Campos nasceu em 1942 em Botucatu, Estado de São Paulo, onde transcorre a telúrica infância presente em muitos de seus poemas.

De seu tempo de estudante de engenharia na cidade de São Carlos (SP) extrai as reminiscências mais vívidas.

Como um "menino antigo" (expressão criada pelo seu amigo Carlos Drummond de Andrade, com quem durante anos compartilhou experiências literárias), "Chico Moura", como também é conhecido o poeta, apresenta-se neste *Refúgios do tempo* completamente liberto de temas e formas que impeçam a arte de alcançar alturas e profundidades que lhe são inerentes. Amplo, suave e sublime é o voo que o poeta empreende através de campos e planícies do devir humano.

Poeta fecundo, sua estreia literária se deu em 1980, com *O sorriso do drama* (Massao Ohno/Hoswitha Kempf). *Ponteios da madrugada* (Limiar, 2010) recebeu o prêmio PROAC-Secredtaria da Cultura de São Paulo.

Paralelamente à atividade como engenheiro, foi editor de poesia e lançou vários poetas pela Editora Metrópolis, da qual foi sócio diretor em 1986.

LETRASELVAGEM (2007-2016)
"AUTORES E LIVROS NUTRIDOS DA BOA RAIZ"

Coleção *Sentimento do Mundo* (poesia):

TRATADO DOS ANJOS AFOGADOS, Marcelo Ariel. O HOMEM DESERTO SOB O SOL, Edivaldo de Jesus Teixeira. ANIMA ANIMALIS – VOZ DE BICHOS BRASILEIROS, Olga Savary. REFÚGIOS DO TEMPO, Francisco Moura Campos. A INESPERADA MÚSICA SUBTERRÂNEA, Edivaldo de Jesus Teixeira. O TAMBOR SUBTERRÂNEO, Erorci Santana.

***

Este livro foi composto em Janson Text, corpo 12 por 14, e impresso sobre papel Lux Cream 70 g/m2, pela Gráfica EME, Av. Brig. Faria Lima, 1080, V. Fátima, Capivari, Estado de São Paulo, Brasil, para a Associação Cultural Letr*a*S*e*lvagem, em maio de 2016.